愿诗词如同初夏的微风

或冬日的暖阳

抚慰行走者疲惫的心房

给这个浮躁的世界

带来一种安静的力量

万里江山如画

千年文明似花

蒋洋诗词作品集

诗 风 越 古 今

The Wind of Poetry

蒋洋———著

九州出版社
JIUZHOUPRESS

图书在版编目（CIP）数据

诗风越古今 ： 蒋洋诗词作品集 / 蒋洋著. -- 北京 ：
九州出版社，2018.6
ISBN 978-7-5108-7331-7

Ⅰ. ①诗… Ⅱ. ①蒋… Ⅲ. ①诗词－作品集－中国－
当代 Ⅳ. ①I227

中国版本图书馆CIP数据核字(2018)第146794号

诗风越古今——蒋洋诗词作品集

作　者	蒋　洋 著
出版发行	九州出版社
地　址	北京市西城区阜外大街甲 35 号（100037）
发行电话	(010)68992190/3/5/6
网　址	www.jiuzhoupress.com
电子信箱	jiuzhou@jiuzhoupress.com
印　刷	北京九州迅驰传媒文化有限公司
开　本	880 毫米 ×1230 毫米　32 开
印　张	5.625
字　数	90 千字
版　次	2018 年 8 月第 1 版
印　次	2018 年 8 月第 1 次印刷
书　号	ISBN 978-7-5108-7331-7
定　价	58.00 元

自述打油诗

本人名叫蒋洋，祖籍湖南湘乡。

父母下放湖北，出生小城钟祥。

爬树躲猫捉虾，奔跑长堤汉江。

童年充满乐趣，懵懂少年时光。

长大搬来搬去，洪湖随州武昌。

本世纪前求学，毕业清华学堂。

忙忙碌碌几年，博士文凭一张。

工作先到企业，鸡头凤尾都当。

管理兼顾科研，论文专利几项。

天南地北游历，奔走内地边疆。

一朝下派挂职，地方做副市长。

推进联合重组，企业做大做强。

天目山中穿行，水阳江畔徜徉。

忘却京城喧闹，情迷皖南水乡。

两年匆匆流过，结交朋友一帮。

回到央企总部，投身科技兴邦。

促进节能低碳，推动创新领航。

再次下派地方，设计研究院长。

高铁汽车飞机，沪京徽苏浙广。

集成新兴技术，未来城市村庄。

走出国门弄潮，收购德国工厂。

关注机器革命，创业易北河旁。

去年回京秋霜，今朝纽约春阳。

再做访问学者，重温校园书香。

闲暇自娱写作，情迷诗词文章。

寄托书生意气，探寻理性之光。

决定近日付梓，原稿修订匆忙。

但得佳词好句，愿请道友分享！

目　录

一、湘鄂情

（一）清明访东山学校旧址

2010 年清明黄昏，回乡扫墓期间，参观湘乡毛泽东青年时期母校——东山学校旧址，作此诗以作纪念。

东山风起林如涛，[1]

夕照飞霞涟水摇。[2]

一抹白墙拢新翠，

半弯绿水绕老桥。

论文习武磨才俊，

壮志抒怀砺英豪。

待到潜龙乘势起，

怎容天下许多妖？[3]

注：

[1] 东山：位于湘乡县城郊，山下为东山学校。

[2] 涟水：东山学校北边，波光粼粼之涟水河。

[3] 原稿为：看你众妖哪里逃。

（二）眼儿媚·重访校园

花落清风展新枝，春日又来迟。
轻裳少女，蓬头小伙，总似相识。

相思散落如花瓣[1]，拾采入心池。
光阴酿字，情怀化词，眷恋成诗。

注：

[1] 原稿为：青春散落如花瓣。

　　阔别多年后，终于有机会回到钟祥的母校，正是初春时分，校园里樱花、桃花次第开放。看到从操场上归来的那些脸上洋溢着青春气息的少女和小伙子，让我回忆起我的青葱岁月，中学时代的点点相思，如同这风中飘落的花瓣，成为散落的记忆。曾经飞扬的青春时光此刻已经沉淀在心里，酿成了记忆的美酒，难以表达，就化成这一段文字，愿同大家分享我对母校的这份永远不可割舍的情怀与感受。

（三）渔家傲·孤客晨影

昨夜淋漓痛快雨，梧桐花落铺满地 [1]。

一缕清寒轻透衣。

西风寂，铅华洗尽空天碧。

大雁北归空落羽，独居异域情谁寄？

残酒更添惆怅绪。

归乡去，来年再看青梅绿。

注:

[1] 梧桐，实为泡桐，老家一带的人都称之为梧桐。

　　由于忙于事业，常独身一人在异乡工作，每逢孤闷之际，
屡有思乡之情。一日应酬微醉，就寝后迷迷糊糊，梦回家乡，
外面是一夜风雨，醒来披衣走入屋外小院中，感春寒料峭，
看云去雨收，填下一首《渔家傲·孤客晨影》记录当时心情。

（四）武陵春·回家

京汉求学十数载，碌碌仍单飞。
父母迁家已六回，子却不曾陪。

街巷穿折不识路，不住把声催。
忽见车头路尽处，父母望儿归。

心会和家一起走

　　记忆里，从小到大，每隔两三年家里就要搬一次家，印象最深的是第一次从平房搬到楼房那年，我和妹妹高兴地在房子里跳舞。后来出去读书，大学、硕士、博士，家里搬得比我换学校还快，以至于好几次假期回家，都是搭熟人的便车带我到一个陌生的城市，然后进入到一个陌生的院子，然后在某一栋楼停下来，对我说，上去吧，那个单元几楼几号就是你的家。上去，敲门，看见是妈，才定下心来，打量新家的样子。惭愧的是每次他们搬的时候我都在外地读书，很少给家里帮忙。

　　自来到北京读书，自己前后也搬了几次了，清华园、西三旗、白石桥、大慧寺，又搬到安徽、上海……发现自己这一点倒向美国佬学得很快，习惯了搬迁，并不觉得需要在一栋房子里待多少年。参加工作后出差很多，杭州、西安、哈尔滨、深圳、常州、台湾，德国、美国、韩国，又来到皖南挂职，回京两年后又来到皖北，习惯了在各个形形色色的城市之间奔波住宿。所谓"人在江湖，身不由己"；为了那缥缈无羁的梦想而来来去去……但是心呢？心需要稳定吗？

其实我的心总是有一部分在我出生的家乡小城，童年的快乐是一辈子的财富。自觉得一个人最好的足迹就是出生在小城，最好还有农村的一段经历，有一批小伙伴一起摸鱼捉鸟，偷豆角玩泥巴，真的是人生一大乐事，然后进入大城市读书、工作，这种人生经历更丰富；而出生在大城市的小孩子其实有点悲哀，他们体会不了大自然的很多乐趣，那些是昂贵的玩具和各种学习班所代替不了的。还有父母家，更是我心系的一个地方。这两条线总牵着我，以至于不管我在哪里，都是一个稳定的三角形；我的梦可以飞得很远，但心却飞不出这个三角形；自以为漫步天涯，其实是上帝的一个提线木偶，逃不出去，还要做出样子给别人看。

所以，家可以永远到处搬，梦可以永远到处跑，而心不会永远到处移。心需要稳定，但房子在哪里并不需要稳定，因为心会和家一起走，家在，心就会在；心若在，梦也将会在。

（五）洪湖印象

大湖落日橙，
荒岸草堤青。
浪拥千重绿，
波摇万点红。
渔家何处有？
天际舟如龙。

求学时随家搬迁，在洪湖度过了一段惬意的生活。本诗记录了金阳、青草、碧叶、红花，一幅色彩绚丽的鱼米之乡画面。

（六）怡红快绿

洪湖岸边，观荷花写生时作。

轻舟采莲去，

绿动人无踪。

工笔也写意，

红妆隐碧篷[1]。

谁能雅俗共？

唯有水芙蓉。

注：

[1] 原稿为：红娇穿碧笼。

二、川·贵·黔

（一）减字木兰花·黔之山水

青山白瀑，
尽是枇杷黄果树。
夜雨晨晴，
水入花溪峰似屏。

智如巧水，
却要依山才妩媚。
仁似慈山，
常有甘霖更秀斓。

白河、花溪、黄果树瀑布，贵州的山水就是一首清新的小诗。

（二）小律·古镇

晨雾网阡陌，

清钟散妙音。

鸟鸣状元坊，

童嬉巨榕荫。

青瓦重檐处，

书风越古今。

    本诗记录的是我游览西南一个古镇，从镇外、镇中、镇内走的过程看到和听到的古镇风貌。小镇青瓦古宅，翠竹幽幽，有着恬静的古巷和喧闹的集市。老式的学堂仍然保留着，走在桌凳之中，仿佛仍然可以听到当年琅琅的读书声。让我吃惊的是，这里还出了好几位状元，还有好几所名人故居。置身此处，有文风古厚、穿越古今之感，我亦欣然以"风越古今"作为我的笔名。

（三）登峨眉之金顶论道

铁齿穿冰踏晴雪，

登高遥望四姑娘。

法门龙象威十面，

白水普贤观四方。

川中盆地罩霾雾，

蓝宇恢弘洒金裳。

愿借神光破魔障，

为我山河上新妆！

　　适逢"两会"前夕，与一律师朋友共登峨眉，适逢浓雾，山中积雪，道路冰滑，便在鞋底捆上铁齿，向上攀登。不曾想，穿越雾层后，山顶上居然是阳光明媚，穹蓝气爽，几百里外的四姑娘山清晰可见。与友拜普贤，观云海，坐石论道，谈古论今，十分畅快。回京后响应中央号召，投身科技创新和生态文明建设，作下此诗。

（四）西江月·西双版纳

棕榈路边婀娜，

菩提江畔婆娑。

红云掩住曼佗罗，

原是合欢朵朵。

窗外巴乌袅袅，

门前新篁勃勃。

林中少女舞绫罗，

一片栾花飞落。

　　如果说我的西双版纳印象，那就如同词中所说，是棕榈，还有稀奇古怪的各种热带和温带植物、空气中荡漾着的月光下的凤尾竹、云南当地的又高又大的竹子，还有悠闲的生活方式。

（五）调笑令·枇杷行

枇杷！

枇杷！

摆满路边旮旯。

学龄小女追逐，

缠问客人要不？

不要，

不要，

倘买更难归校。

　　在贵阳开完会，去参观黄果树瀑布，中午停车吃饭，刚出来，围过来几个小女孩，七八岁的样子，缠着我们卖东西，一串仿银的苗族风格的手镯项链，白灿灿的，挺精致，卖十块钱。我要了干吗，不要，就缠着。好吧，买一串，小女孩挺高兴，又给我加了一个手镯。上车，导游问多少钱，我说十块，怎么这么便宜？导游笑着说，我买就三块，信不信。我信，也没什么，就当希望工程呗。

　　下午去天星潭，前面一个团队的导游竟然是一个十二三岁的小男孩。一边走一边解说，好像还挺专业的。哎，我们的义务教育到哪儿去了，摇头。就算我们在这里消费，他们也不会回学校的，挣得越多越不会收手，所以我们给钱是没有用的。

贵州真是个山清水秀的好地方，每个充满了喀斯特地貌风味的景区都是天然氧吧。但是，感觉真的很贫困。满大街的小吃很便宜，贵阳米粉、丝娃娃、酸汤鱼，没有超过十元的。不过，什么菜都要放点鱼腥草，真不习惯。印象最深的当然是枇杷，一看到黄澄澄的就诱人，连吃了好多个。想起小时候大院里枝繁叶茂的那棵大枇杷树，那是我们一帮小家伙的乐园，爬树、摘果，每次没等到果实发黄就摘光了。上次回家乡特意去看，大院犹在，变化不大，但枇杷树已经被砍掉了，殊为可恨。

（六）西江月·古道

山道马缠羁绊，
林间树绕藤萝。
功名烦恼怎得脱，
尘世难逃因果。

昔日书生意气，
如今壮志蹉跎。
欲将心事诉达摩，
无妄摩诃般若。

在云南漫步古道时作。摩诃般若波罗蜜多，汉语译作大慧到彼岸，也就是彻底觉悟，成就伟大智慧而到达涅槃彼岸的境界。时逢诸多烦恼，希望能够排除杂念，去掉尘世的一些羁绊，到达自我的一个境界。

三、游历北疆

（一）凤凰台上忆吹箫·秋山即景

作于北京怀柔。

南燕逶迤，金晖斜洒，天高气爽胸和。
望满山红遍，霞卷云薄。
黄叶清溪飘落，一片片、游走穿梭。
奔流向，白石黑谷，村舍城郭。

奈何？
一泓净水，偏入世贪尘，沾染污浊。
似芸芸之众，追利逐波。[1]
些小功名利禄，
常教我、碌碌蹉磨。
真君子，清白立身，静绽如荷[2]。

注：

[1] 原稿为：似中庸之道，随众逐波。

[2] 原稿为：淡泊如荷。

（二）登司马台长城

2015年4月11日作于北京。

云滚卷天浑，

山河一线分。

文明多靖难，

城破众生沦[1]。

震远镖局在，

英华书院存。[2]

不使文明辱，

重拾尚武魂。

注：

[1] 原稿为：城破书卷焚。

[2] 原稿为：檐重书院暗，径曲镖局深。

（三）沁园春·塔克拉玛干纪行

朝越北疆，车行瀚海，天山南麓。

戏博湖白鹭，芦苇深处；

孔雀河边，烤羊寻木。

盈盈绿洲，油葵簇簇，

人隐袅袅烟树。

驰戈壁，惊岩羊藏驴，夕阳渐暮。

楼兰故地访古，惟胡杨野柳围荒墓。

望金色大漠，骄阳似火；

罗布村寨，仍有耕牧。

更待造化，印度洋流，

润泽盆地送甘露。

分昆仑，聚葱岭云雨，再成沃蜀！

原文：破阵子·塔克拉玛干纪行

　　朝越北疆瀚海，车行天山南麓。博湖边戏水惊鹭，塔河畔烤羊觅木。大漠夕阳暮。

　　古楼兰惟荒墓，罗布村有耕牧。更待造化分昆仑，葱岭云雨送甘露。盆地造天府！

　　这是我 2006 年 8 月在塔里木盆地游历后，回京即兴填的一首词，也是我做的第一首词。原稿曾采用破阵子词牌，后改回现词，记录了我在天山、塔里木河、博斯腾湖、罗布人村寨、古楼兰遗址和塔克拉玛干大沙漠留下的足迹。塔克拉玛干作为世界第二大沙漠，给人的印象首先是干燥，但我在本词中用了大量和水有关的字：洋、流、瀚、海、露、雾、河、湖、沃、云、雨、润、泽、洲等，是为了表达一份我的向往：希望能够分开巍峨的昆仑，让温暖湿润的印度洋气流越过高高在上、有"万山之父"之称的葱岭，给干燥的塔克拉玛干带来宝贵的甘霖，让它成为一个广阔的宜人之地。

　　顺便提一下最近网上提的很热的藏水入疆设想，思路就是在雅鲁藏布江上筑坝，再通过涵洞、隧道和自流逐级引水到新疆，并和长江黄河打通，再造一个江南。我觉得这个工程量太大，而且对环境破坏较多，譬如对雅鲁藏布大峡谷的生态影响。还肯定会引起中印直接纠纷。我有个梦想，与其从地上筑坝修渠调水，还不如借助大自然的神力，直接从天上调水，岂不美哉！也就是说，想办法打开雅鲁藏布大拐弯对印度洋水汽通道的阻碍，考察选取合适的地方，开发清洁核聚变技术或利用高能炸药等爆炸（因为辐射原因不考虑原子弹），打开一条或数条空中水汽通道，借助和发挥印度洋水汽自身的能量，尽可能的上溯深入青藏高原，在群峰中形成云雨和径流，然后利用高差自流，同时，在必要的地方进行一些小型疏引和导流工程，把各条水流引入柴达木／塔里木盆地和广大的东部，如果此设想成真，堪超都江堰！

（四）定西将军

2015年8月6日作。

营默西风啸，
飞雪弹陌刀[1]。
将军夜升帐，
明昀定捉妖[2]。

注：

[1] 原稿为：孤月冷陌刀。
[2] 原稿为：明昀定拿妖。

（五）虞美人·雪中自坝上抵京

2017年，春归，雪中自坝上抵京，并记。

> 归程相伴风与雪，
>
> 一宿不眠夜。
>
> 庭竹又添白玉妆，
>
> 旧友一别竟已鬓满霜。
>
> 江湖艰险迷人眼，
>
> 惟以初心勉。[1]
>
> 岁痕却似妫河弯，
>
> 千道冰棱没入万里川。

注：

[1] 原稿为：江湖险恶光阴误，唯有初心故。

（六）夜登京西阳台山

孤月遥悬寂夜空，

银河尽泻此山东 [1]。

多少京城名利客，

沉浮宦海酒局中。

注：

[1] 原稿为：繁星尽落此山东。

2017 年初夏回京工作，夜登京西阳台山，独坐山顶，西望孤月夜行，山林幽深寂静；东边京城却是灯火辉煌，似银河泻地。念星矢相距虽遥，尚可知其律动；而人心相隔咫尺，却已无所适从。因作此篇。

四、台北故宫三希堂有感

（一）东晋风流

快雪时晴形古雅，
中秋伯远意神闲。
传书千里如谋面，
东晋风流跃纸间。

王羲之可能也没想到，他在某日雪后晴空下提笔写的短短一封信，成为千年之后仍令人神往的《快雪时晴帖》。我有幸在台北故宫看到此帖，仿佛看到了一种气定神闲、不疾不徐的情态，"圆劲古雅，意致优闲逸裕，味之深不可测"。联想到同时期的王珣《伯远帖》和王献之《中秋帖》，对东晋风雅顿生一种仰慕之感。

北齐颜之推《颜氏家训·杂艺》中引江南谚语云："尺牍书疏，千里面目也。"古人交通不便，相互见面十分不易，书信往来就成为重要的交往方式。因此，古人都非常重视书札的文辞和书法，两者融合在一起如同一件完整的艺术品，给人带来美好的印象，如同看到了本人。

（二）三希合璧

南北归一成盛唐，

文兴武耀竞辉煌。

偏居一隅生狭隘，

岛链困封难奋强。

魂系三希合璧日，

中华文化复大昌。

  乾隆酷爱书法，他把《快雪时晴帖》和王珣《伯远帖》、王献之《中秋帖》一起放在养心殿西暖阁内，并在书斋里面专门为三帖装修了一个不到八平方米的小书斋，亲题匾额"三希堂"，每日翻看观摩，谓三帖为稀世之珍宝。现《快雪时晴帖》存于台北故宫，《伯远帖》和《中秋帖》则存于北京故宫，均为各自镇馆之宝。三帖分居两岸，不知何时才是合璧之日？

（三）水调歌头·龙之魂

纵横齐燕楚，上下宋唐秦。

金瓷玉画身后，多少兴衰痕。

广袤江天之陆，心智空间之岛，

文脉本相承[1]。

游走已甲子，何日幸相闻？

语同声，言同义，书同文。[2]

魂归真身，谁敢低看中国人？

千年文明似花，万里江山如画，

天下我为尊。

大梦到霄汉，呼唤龙之魂！

注：

[1] 原稿为：两岸本同根。

[2] 原稿为：泯恩仇，再携手，远刀兵。

五、访史怀古

（一）沁园春·西疆怀古之帝国荣耀

塞外北疆，千里烽火，万年风霜。

昔车骑将军，远征漠北；

骠姚校尉，安家西凉。

追戎逐寇，修筑朔方，漠南再无匈奴王。

鞭指处，言惨胜如败，壮志骄扬。

丝绸古道徜徉，忆博望张骞拓西羌。

念司马忍辱，终成绝唱；

苏武不屈，白发归邦。

文治武功，雄才大略，成就帝国睨八荒。

问苍天，我华夏之鹰，何时再翔？

2006 年夏游历北疆时作，有删改。感悟曾经的汉帝国，将这个国家推向第一个文明的高峰。是一种精神，一种文化，武有将星闪耀，文有忠节昭烈，将领袖的凌云壮志、光荣梦想，铸成帝国之魂。

（二）画堂春·酒泉怀古

萧萧叶落陇西寒，
祁连千里冰原。
三军破虏饮酒泉，
将士俱欢颜！

夜宿被天席地，
晨行碧海沙澜。
封狼居胥祭苍天，
何惧远征难？

（三）青玉案·曾侯乙墓

纪前钟乐声流淌[1]，
音浑厚，域宽广。
疑自玄天埋宝藏。
恢弘古朴，起伏跌宕[2]，
千古之绝响。

火熔金铸出工场，
矢志乐痴后人仰。
一代王侯成巨匠。
校音编律，雕模选矿，
心血凝梦想[3]。

注：

[1] 原稿为：纪前编磬音清朗。

[2] 原稿为：雄浑跌宕。

[3] 原稿为：心血绘梦想。

附记：从汶川地震想到张衡：寂寞天才的青玉案

"美人赠我锦绣段，何以报之青玉案。"这是提出浑天学说、制造了演示日月星辰的浑天仪和测定地震方位的地动仪的张衡的诗。

"我所思兮在太山，欲往从之梁父艰，侧身东望涕沾翰。美人赠我金错刀，何以报之英琼瑶。路远莫致倚逍遥，何为怀忧心烦劳。"

张衡生活在一个文化宏丽的时代，从混乱到艰难复兴的时代。他心境平淡，常怀忧思，智慧远远超过那个时代，这也注定了他终究是个寂寞的人。科学家在古代的中国从来没有得到过真正的重视。两任太史令，终被宦官排挤出京。长期以来我们一直把张衡当作一个科学家看待。其实，他在儒家经典、数学、地理、机械制造、历史、绘画、音乐舞蹈和文学方面，都表现出了非凡的才能和广博的学识，在当时的世界科学和文化史上也很难找出人可以和他比肩。《青玉案》后来被苏轼用为词牌，至少可以推断他对张衡抱有极大的敬意。

怀忧心烦的张衡捧着青玉案思念佳人，屈原何尝不是？苏轼何尝不是？贺铸也因为《青玉案》这句"若问闲情都几许？一川烟草，满城风絮，梅子黄时雨"而被称为"贺梅子"。辛弃疾的《青玉案》更是用智慧的光芒给予我们可贵而恒久的指引："众里寻她千百度，蓦然回首，那人却在，灯火阑珊处。"

感谢宣城郎川之子的研究，把张衡更全面地展示给了我们，他是一个如同欧洲文艺复兴时代的达·芬奇的天才。《青玉案》也在我心目中成为一个特殊的词牌，一个将科学与艺术结合起来的词牌，科学和艺术的极致是殊途同归的。如同在我面前、出土自湖北随州曾侯乙墓神奇的编钟，它就是春秋时期科技与艺术的结晶，承载着这个在政治上并不成功的国君在科技和艺术上矢志不渝的追求和辛勤卓越的努力。

（四）烛影摇红·北固山之祭

2009年作于江苏镇江西津渡口。

古巷洋楼，
时空穿越西津渡。
北通幽燕西连蜀 [1]，
英雄辈出处 [2]。
寄奴公瑾皇叔，是与非、任人评述。
桑田沧海，白骨沉沙，金山接陆。

遥祭当年，
北伐壮举垂千古 [3]。
中流击水踏征途，
邙洛硝烟路。
他日再逢强虏，有谁能、闻鸡起舞？
烟波江上，祈我中华，江山永固。

注：

[1] 原稿为：北抵幽燕西入蜀。

[2] 原稿为：自古兵争处。

[3] 原稿为：北伐壮士传千古。

（五）如梦令·汴京

四面风雷乱舞，

环伺群敌狼顾。

烽火汴京城，

只见乱石孤骨。

何故？

何故？

只道重文轻武，

奸佞之误？

六、田园牧歌

食之语

——农家乐日记

吃，是个永恒的话题，甚至有人说人活着就是为了吃饭。我有个非常健康、包容而且任劳任怨的胃，所以不管身处何处，当地的食物都能接受，几乎从不闹意见，以至于闲暇一人时我常常不吝言辞地对我的胃表示感谢，也是对它今后工作的鼓励。

先说说皖南。当年在宁国挂职时，常去城区附近的落花荡，那是个秀丽的小村庄，沿着弯弯的道路漫步，沿路农舍干净明亮，茎蔓缠绕、鲜花盛开。这一座不足半平方公里的小村落里竟然有几十棵古树，尤其是一棵千年苦槠，树形优美，至今仍枝繁叶茂。放眼四周，远处的青山，近处的溪流、古树和民居构成了一幅立体的图画，诠释着大自然和人之间的和谐之美。村里农家乐饭店生意不错，是在绿树竹林掩映中的一座座独立小木屋，每个木屋里一张桌子，摆放几条长凳，盘碟碗筷都很干净，上来的菜以徽州土菜为主，小火锅多，石鸡、马蹄、小鱼、土鸡、雪菜，配上本地的青梅酿的酒，吃得很舒服，典型的皖南风味。联想到前段时间路过临近的南陵县青弋江边的一个农家餐馆吃饭的情景，正值窗外雨去云收，映入眼帘的是落霞之下的一江春水和江边洗衣的农家小妹，小酒两杯之下，当有"酒不醉人人自醉"的味道。当即作诗为记。

（一）农家小酌

青弋江边太阳雨
小屋窗外淅淅淅
河虾雪菜炒青笋
板栗香干炖土鸡
米酒两杯便微醉
农家小妹笑戚戚
风含情意水含笑
酒不醉人人自迷

2007 年 8 月，自武汉回宣城，途中在皖南乡间农家就餐。

附近另一个乡镇还有一个农家乐，面积很大，皖南人很讲究整洁，院子里打扫得很干净，走进去第一眼看到的是一个小男孩和一个小女孩在池塘旁边玩耍，颇有意趣。最好玩的是前面一片树林有好几个秋千，一行人童心大发，荡了个够。印象还比较深的是去出恭时要走过一片竹林小径，在竹林掩映的卫生间方便的时候望着外面绿影斑驳的竹叶（怎么想到竹影青瞳？那是什么东东？），感觉很爽。

还有一次路过黄山脚下，一个村给我留下的印象很深，在于他们的标语很有文化特色，把新农村建设的内容和实践填成了词，写在墙上，读之朗朗上口，令人刮目相看。摘取一首：

天净沙·沧溪村民居

崇山峻岭高嵋，
茂林修竹硒茶。（富硒茶，当地特产）
鸟语花香瀑挂。
绿荫之下，
粉墙黛瓦人家。

回到北京，正值西郊叶红之时，趁在香山开会的机会好好在植物园中转了转。真没想到，我居住了十几年的北京秋天此时也是贼美，端的是秋高气爽，蓝天白云之下层林尽染，微风中，一片清凉空气透入薄衣。所谓一叶知秋，在黄栌上体现得最明显，只见一丛丛紫红的叶片鲜艳欲滴，有时紫红、金黄和残绿竟然汇集在一片叶子之上。栓皮栎的叶子则变成了黄褐色，配上它粗糙斑纹的树皮，给北京的秋色赋予了一片苍肃之气。

那次回京去了两个京郊的农家乐，先是昌平，一个农家小院，在葫芦架下温暖的阳光下小酌，几盘土豆炖豆角之类的小菜竟然也让我胃口大开，将其扫荡一空。一帮人随后到后院的柿子林中打柿子，顺便压价采购了几十斤，连同几个大南瓜放入车后备箱，又顺手摘下几个小葫芦拿着玩。回去的路上，八达岭高速上挤满了满载柿子、土鸡蛋，甚至还有大白菜而归的小车，感觉我们像一群来自城里的蝗虫兼土匪，吃饱喝足后，席卷着农民们的果实扬长而去。

另一个农家乐在凤凰岭附近，是我提议找的，原因在于我这次回北京竟然水土不服，感染风寒，浑身乏力，决定吃完了午饭再爬山。其时沿路开行，忽见前方山冈之上，店旗招展，驱车上去，只见一片藤架，几张石桌木椅；一口鱼池，几尾草鱼虹鳟；一面砖墙，几挂辣椒大蒜；一个胖妞，几只花猫黄狗。遂决定在此打尖。

点了几个菜后，抄起钓竿，半天也没钓上一条刁鱼。一会儿胖妞端菜上来，一碟清炒苦菜，青翠碧绿；一盆泉水炖鱼，味鲜肉嫩；又上了一盘炸小河虾，还有什么棒子手擀面什么的，蝗虫们又开始用餐了。作诗以记。

（二）京郊农家院

叶红京畿渐中秋，

寻径访菊农舍幽。

粗瓦石墙葫芦架，

篱笆黄狗胖丫头。

咸鱼土豆一锅炖，

烙饼卷葱就米粥。

常有清风红叶伴，

不当城内楼中囚。

酒足饭饱，上得山去，风景不须再提，直接套用杜牧这个流氓的诗即可："远上寒山石径斜，白云生处有人家。停车坐爱枫林晚，霜叶红于二月花。"好诗啊好诗。真是：你是流氓我不怕，就怕流氓有文化呀。

要说文化，那必须提到台湾，那里保留了很多原汁原味的中华传统文化。漫步在台北这些城市的小街小巷，到小工艺品店里去看看玉饰，和闲坐的女子拉拉家常，到街角的餐馆吃个清新可口的客家菜，进路边小吃铺点一个浓郁地道的卤肉饭，或干脆打车到士林夜市来份蚵仔煎，柔软的台湾普通话，自然的生活节奏，浓厚的人情味儿，尤其是时时感受到的那份传统氛围，让我很舒服，甚至有点儿迷醉。

再回到北方，2014年去黑龙江的几个地方考察，感觉以前每次就去哈尔滨太狭隘了，出去都是广阔的大好河山，大兴安岭、齐齐哈尔、牡丹江，大江、大岭、大森林、大湿地，真是处处皆风景。在牡丹江畔的响水村吃土灶，桌上叫不出名字的炸小河鱼、香甜的土豆玉米（黑土地的什么都好吃）、大锅炖江鱼、酸菜炖肉、红的冒油的咸鸭蛋，当然还有火山岩上长出来、不需要任何配菜、单吃就很香的响水大米，让我们食欲大增，几个人吃的脑满肠肥。酒酣耳热之间，我独自一人披上一件单衣，信步走到屋外，深吸一口清凉的新鲜空气，站在吊桥上，看到雨后的黄昏，两条巨大的彩虹从乱云中直插水面，清澈的河水蜿蜒而去，两只小渔舟空空荡荡地横在江心，和江中小岛上黑色的密林一起，恰如一张油画。情不自禁口占一首。

题渤海镇

微红的枫叶 黝黑的火山

舞动的白桦 金黄的稻田

湛蓝的湖水 多彩的家园

我还会再来

牡丹江的秋天

在新疆，最难忘的就是奔驰在广袤荒芜的沙漠公路，开了几个小时，两边的风景始终是完全一样的。傍晚到达塔里木河边一个孤零零的院子，里面却是热气腾腾，主人砍来红柳枝，烤着鲜羊肉，端上来一大脸盆，焦嫩的大块羊肉伴着红柳枝和孜然的香味，旁边金黄的抓饭让里面的胡萝卜看起来红的冒油，配上开胃的洋葱黄瓜凉拌，喝点烧酒，看着暮色中远处的戈壁和胡杨林，心中浮起一种孤凉、苍然和肃劲之感。在这样的地方，我可以真正地感觉到自己的心的跳动，那种原始的跳动。王维诗中的"大漠孤烟直，长河落日圆"就是此中意境吧。顺便提一下，桌上大盘的瓜果之中，一定要先吃西瓜，再吃哈密瓜，原因很简单，吃了新疆的哈密瓜再吃其他任何水果，都不甜了，结果是你会很对不起西瓜。回京后填《破阵子》一首。以记：

破阵子·塔克拉玛干纪行

朝越北疆瀚海，车行天山南麓。

博湖边戏水惊鹭，塔河畔烤羊觅木。

大漠夕阳暮。

古楼兰惟荒墓，罗布村有耕牧。

更待造化分昆仑，葱岭云雨送甘露。

盆地成沃蜀！

还回到皖南。2007年9月，我前往石台县扶贫考察。回来已近黄昏。正逢中秋，主人邀请我们到秋浦渔村吃饭，共度中秋。渔村坐落在秋浦河边，走过吊桥，只见远处山峦中，云蒸霞蔚，一弯清江向北缓缓流去，江边停靠的几叶舟船，便是就餐处了。吃完饭，江边烧起篝火，几个少数民族姑娘跳起竹竿舞，一行人打着拍子，有人加入了游戏。此时，天空中时隐时现的圆月、身边静静流淌的江水、远处黝黑的芦苇丛、船舷上挂着的红红的灯笼、地面上黄色的篝火和喧闹的人群构成了一幅难得的中秋之夜画面，却也让人惆怅，月圆此时，人圆何时？手机中传来一位朋友发给我的他自己做的一首中秋祝福诗，我随即和诗一首：

秋浦渔晚

良辰美景不夜天，
月满舟江篝火喧。
环顾四周皆笑语，
何时孤客展欢颜？

比较皖南、京郊和东北的农村，周边的环境都有"采菊东篱下，悠然见南山"的味道，不同的是皖南水多，空气湿润，竹林、秋千、小木屋这些都给人带来很多趣味，像写意小品，轻巧雅致；北京的农村位居北方，秋天的风景确实要显得粗犷得多，像虬枝枯墨，厚重随意；黑龙江则奔放辽阔，色彩鲜明，更像一幅油画。从人的方面来讲，北方人尽管心眼儿也不少，但总的来说还是比较敦实懒散，不像皖南小妹那样灵巧勤快。从旅游来说，自然是北京的风景区设施齐全、管理规范，天子脚下，有钱嘛。不过，深入景区的树木山石之中，就可以体验到两者不同的原始之美，给人带来的感觉是各有千秋。

因为工作关系，考察过几次舟山，很多人都知道当地的海鲜好吃。确实如此，尤其是当地的带鱼，居然是入口即化，不留残渣。舟山与大陆隔着一个小小的海峡，我们的车在过轮渡时，碰巧看到一个老渔民在刚退潮的滩涂上，拿着一个长长的钓竿，当地朋友告诉我，这是钓弹涂鱼，是个很需要细致和耐心的活儿，现在的年轻人觉得麻烦，这种技术快失传了。可以看到舟山的海，尤其是冬天，是黄色的，当时觉得是否是污染太厉害了。招商局的人赶紧告诉我，那是因为当地地处河流、海水交汇之处，而且也是海水的冷暖洋流交汇之处，看似平静的海面，底下却是咸淡冷暖各种暗流涌动，这种情况会将海底的泥沙扬起来，这样的海水会显得浑浊，但是营养丰富，称得上是各种鱼类的天堂。这样一说，我放心了，去了几次舟山，各种海鲜让我大快朵颐，每次都是扶着墙出来。当时去舟山有一个想法，想在东海之中，觅一个小岛，用俺们的新能源、新材料、新型房屋还有水处理等技术打造一个"零碳未来岛"。后来因为当地领导变动，思路有差异，没有干成，算是一个小小的遗憾。回沪后，做一首《解佩令》以记。

（三）解佩令·小岛之恋

2015年6月作于上海。

鱼鲜风婉，山花争艳。
借晨光、悄加妆扮 [1]。
东海之滨，漫步处、长潮奔岸。
望渔家，轻帆去远。

临窗对盏，听涛阅晚，
聚英杰、谈书论剑 [2]。

解佩归田，绘一幅、江山美卷。

神女来！共茗一碗？

注：

[1] 原稿为：竞相妆扮。

[2] 原稿为：我今生、心之所念。

接下来提一下我的老家湖北和湖南。湖南的农家菜就一个字：香；两个字：下饭。爆炒螺蛳、煎小河鱼（一定要大火）、青椒小炒肉、干锅豆腐皮，个个菜都泛着油红色，不吃两大碗白米饭绝对停不下来。湖北洪湖的水上渔家是一定要去体验的，"洪湖水，浪打浪"，茫茫一个大湖，湖上至今还有很多住在水上的渔民，大一些的船就是他们的家，一般底舱是客厅厨房，二层是卧室。大湖上水上派出所、学校应有尽有，而穿梭的小船，有摇桨的也有马达的，就相当于自行车或汽车。坐小船去水上餐厅吃渔家菜，你会发现所有菜肴都来自水里：各种小鱼小虾就不说了，还有炸荷花、氽莲子、清炒藕粘（就是婴儿期的藕，也只有这些湖区能够这么奢侈）、黎蒿（一种绿色的湿地植物的茎）、菱角、水芹、红心咸鸭蛋、大闸蟹，还有我最爱吃的粉蒸大青鱼……吃着渔家菜，湖上传来阵阵渔歌，又是一种特别的情调。2014 年回去过一次，顺便作词一首，以记：

（四）如梦令·洪湖渔歌

作于2014年10月，洪湖岸边。

才听军号嘹亮[1]，

又见渔歌新唱。

分苇入湖中，

尽享惠风荷畅。

追浪，

追浪，

心与菱香荡漾。

注：

[1] 原稿为：苇汊红缨鲜亮。2014 年国庆节期间回到洪湖，在湖边舞台观《洪湖赤卫队》片段，一行划舟入湖，摘莲摸菱，甚是畅快。

冬天到嘉鱼吃吊锅子也是一种很舒服的体验，大锅吊起来，下面烧上柴火，可炖海带、黄鸭叫（北京叫黄辣丁或嘎鱼），或者是黄牛肉配雪里蕻、莲藕加排骨。湖北的粉藕最适合煨汤，软软的，咬一口，拉出好多条的丝。其他地方的藕尤其是北方的藕，很硬，没丝，不可炖汤。记得配上几个小菜和当地的米酒。最后说到钟祥，那里有我最爱吃的米茶、辣椒面炸肥肠、葛粉、蟠龙菜（吃的时候记得问当地人此菜的来历）。米茶是刮油高手，估计钟祥是世界长寿之乡，百岁老人极多，和喝米茶也有一定的关系。我老爸在钟祥任职期间，访谈过很多百岁老人，还写了一本长寿探秘的书（连卖带送很快就没了），总结出当地长寿的几大要素：家庭和睦（切记，这是长寿第一要素。本地民风比较淳朴，尤其是婆媳关系普遍比较好，这很重要）、经常劳动（一懒生百病）、生态环境（钟祥有山有水，有江河有森林有平原，很多地方风景如画，空气质量也很好）、吃喜欢的东西（包括本地出产的农产品，如米茶和葛粉，有的寿星居然喜欢吃红烧肉还喝酒，但有节制），也许喜欢吃什么说明身体缺什么吧。最好还有一定的爱好，比如很多当地人喜欢种花和盆景。以上应该是最重要的几点了。记得他和我说过一些看望老人们的经历，印象比较深的就是一次去村里看一位 100 多岁的寿星，村里的书记带路，走到一户人家，看到一个有长长白胡子的老头，坐在房前晒太阳。书记对他喊：哎，某某某，你爷爷在不在家？最妙的是老头的回答：我爷爷上山砍柴去了。

　　说真的，有个小小的理想，是否有朝一日，我告老还乡，寻觅一块去处，约几个朋友，修几个草庐，白天茗茶踏青，晚上对诗观星，不亦乐乎？作诗以记，期待哪一天会实现。

（五）隐　士

修庐悟道隐山林，

小辟田园三五分。

数竿修竹映碧水，

一盆茉莉沁香魂。

晨听鸣鸟悠然醒，

午焙新茶泉水温。

春采笋青闻细雨，

秋收蔬果望晴云。[1]

自觉已是神仙属，

何必要争人上人？

注：

[1] 原稿为：春采笋青将小酒，秋收蔬果配山珍。

再谈谈国外的农家乐。印象较深的是印尼，一次去万隆出差，朋友带我去热带雨林中一栋栋独立的迷你草屋吃午饭，各种热带的果蔬，烤鱼、咖喱牛肉、芭蕉饭，外面传来女歌者的靡靡之音，夹杂在喧响的瀑布声之中。空地上几个晒得黑黑的小男孩踩着竹筒高跷玩耍，和国内一比，那才真的叫闲散，中国真的是太忙了。价格非常实惠，两个人的大餐，合人民币100多块钱。从东南亚风格的餐食想到那次出差到马来西亚，去了依山傍海、非常漂亮的沙巴大学，和校长谈完，在学校里面找了一个"面朝大海，春暖花开"的小吃摊午餐，东南亚风格的咖喱炖虾、粽叶卷鸡，还有叫不出名字的蔬菜，这些就不说了，最喜欢的是当地的一种红红的水果饮料，下面加柠檬，上面是冰块，冰爽到底，让我觉得不喜欢的暑气也成了享受。校长和马来的合作伙伴们指着山下海湾的开口方向告诉我，那是南中国海，我说好啊，那也就是说我也可以往那个方向游泳回去。他们都看着我，连连点头说 yes。

再说说日本。一次去日本中部的一个山区谈一个项目，日方董事长说中午了，请我们去一个日本最有名的做鲤鱼的餐馆吃鲤鱼，说天皇夫妇都去吃过几次。着实奇怪，我到日本的感觉是日本人不太吃淡水鱼，路过的很多小溪边那野鱼多的，直跳，没有人去抓。而且鲤鱼在我们印象中是比较差的淡水鱼，没有草鱼和青鱼好吃。到了这家餐馆，居然门面很小，没多少桌子，我们挑了一个榻榻米坐下，点了鲤鱼和清酒。一会儿鲤鱼上来，配着调味酱，一吃，一种从未感觉过的味道，确实不错，特别是那调味酱，店家介绍是祖传秘方，感觉里面有蜂蜜成分，但是刚刚好，不是很甜（我不喜欢太甜），很特别。要说日本人值得我们佩服的地方，就是把一件事做得很精，甚至完美，还能保持很久。而且这店家不贪，要是中国人，我想可能已经开了100家分店了。

去年去了韩国，拜访一位副省长，就一个项目的遗留问题进行谈判，谈的兴起，双方都很高兴，副省长表态将对我们的项目继续予以支持，消除了以前的不愉快。下班后意犹未尽，请我们去吃烤牛肉（在韩国，牛肉，尤其是本土牛肉超贵哦）。一边烤着一边聊到历史，我说韩国和中国湖北的一些地名几乎一样，有汉江、汉阳、武昌，首尔以前也叫汉城，和荆州一样有端午节、祭祀和龙舟比赛，而且让我震惊的是早上的酒店的自助餐里居然有从来没有在其他地方看到的米茶！！说明很多韩国人可能发源于湖北江汉流域……副省长说这个他不知道，不过明朝时候中国帮韩国打了一场仗，抵抗日本侵略，当时的中国将领觉得韩国好就留下来了，现在有很多后人。这个解释不错，将领毕竟是高层人物，比我讲的逃难故事强。

然后又聊到中药，副省长说到树上的一种球在韩国很受欢迎，是一种传统药材，可以治疗很多病症，现在很少了。比划了半天，我算是听明白了，是一种槲寄生，正巧我喜欢植物，在德国工作闲暇钻树林时发现了很多，把手机照片翻给他看，大家看得津津有味。韩国人也很重视养生和天然草药。中药、历史这些话题成了沟通我们之间的桥梁，也增加了相互之间的信任。在我看来，文化的沟通与碰撞，比饭菜还有味道。

印象中还有一次开车去荷兰，漫步在海牙的北海之滨，海鸥在凛冽的海风之中穿行，居然有一家几口在冰冷的海水中游泳，让缩着脖子的我们深感佩服。海边有一家海鲜自助餐馆，一个人20块，随便吃喝，烤鱼烤虾，刺身鲜贝，吃了个痛快。餐馆是一个华人开的，忙碌穿梭，非常勤劳。聊了会儿天，钱是挣了些，但太辛苦，不容易。我说你是我见到的最勤快的人之一，他竟然大为感动，说不出话来。

　　回程经过德国的一个小镇，车没油了，决定下高速加油顺便找地方吃个饭，七弯八拐进了一个村子，找到村里唯一的一家餐馆，里面干干净净几个小桌，三桌人在聊天，其中两桌是老人，一人一杯啤酒（老龄化社会呀），邻桌是一对男女，后来又进来几个男女，大家互相都认识，打招呼，乡里相邻的感觉真好。点了菜，其实也没什么可点的，德国人的菜单就是那么几样，牛肉鱼肉什么的都是半成品，在平底锅煎一煎拿上来，不同的是旁边放的是土豆条，还是土豆块，还是菜叶或豆子。不过值得称道的是原料好，那羊都是自然放养在河边的，天天散步、晒太阳、吃青草，羊肉的味道自然非常香，没有一点点膻味，配上德酿啤酒，也甚是舒爽。

　　说了这么多农家乐的不同，其实我们喜欢的是一种共同的东西，那就是回归朴素，找到和自然在一起的和谐之感，找到忙碌人生中那种闲适的感觉，这种感觉让我们能够品味生活的气息，回归原始的本心。在此赋一首"四季之味"，与各位有情怀的吃货们共勉：

（六）四季之味

争名逐禄苦，

小院品书甜。

伏夏烈日辣，

秋凉幽月酸。

多食蔬果淡，

少嗜腊荤咸。

陋室旧椅涩，

独能心境鲜。

　　苦、甜、辣、酸、淡、咸、涩、鲜，四季之味，也是人生之味。实际上是：权钱皆看淡，不要讨人嫌。

七、现代诗四首

（一）光和黑洞

光

有序世界的源泉和动力

让世界姹紫嫣红

生命欣欣向荣

你一定是上帝的使者

乘坐着时间之弓

往来苍穹

因为只有他们才能拨停时钟

乘坐宇宙中最快的飞梭东奔西冲不知所终

可你为什么屈服于黑洞

它阻挡了你毫无顾忌的放纵？

黑洞

强大的魔力

让光和时间弯曲

你把一切吸入你的怀里

不告诉我们你的秘密

你竟然能留住上帝的使者
难道你们是天界的官驿？
霍金说的是真的吗
其实你也向外辐射信息
难道我们可以像考古那样
将你的密码破译
去了解你
从而探知上帝的只言片语？

（二）女贞与枫树

1

兰台山上的女贞，

结了青青的新籽，带点嫩绿

涩涩的却有点芬芳

好像情窦初开的女郎

成熟后变成紫红

里面孕育的一颗颗种子

是母性的归宿

和女人的希望

她来自春天，

连绵不断的细雨沾湿衣裳

好像水做的纱网

春天婉约潮湿的东南风

你不知道她是暖还是凉

春天的女贞树

伴着光斑的闪烁和树叶的清香

好像清风中走过的少女

明眸含笑

轻盈地飘过你身边

让你思绪飞扬

她是谁呀

我不认识她

为什么让我朝思暮想

她有一根长线

经常将我的思绪拉回故乡

2

珞珈山上的枫树，

春天长出嫩绿的叶片，带点微青

那是少男，懵懂而倔强；

秋天变红了

是满山遍野的一片火红

是经历了夏天烈日的滚烫

和秋天的风霜

毕其力量得到的绚烂

是雄性血液的成就与梦想

男人属于秋天

那是他的华丽典章

透红的枫叶铺满走廊

清凉干燥的西北风，

可能带来西伯利亚的冷雨，

也会吹出温暖的秋阳。

他就是天高云淡中的秋阳，

睿智直爽、胸怀宽广，

他有无数的光线

让你无处躲藏

他是谁呢

不会是我

因为我还在夏天煎熬迷惘

胡思乱想

也没有

找到我心中的姑娘

3

我有一个愿望

等有了大房子

我要将女贞和枫树都种植在院中

正对着卧室的小窗

看着他们在一起

走过春雨

走过秋阳

还有隆冬、盛夏

永远

成对成双

看着他们

重温青春的

心神荡漾

树之语

去天津的路上，忽然发现这几年北京路旁多出了很多黄槐，开着黄花，挺好看的。车刚进天津，正昏昏欲睡时，路侧草地中出现的两对栾树和合欢让我顿时眼前一亮：太漂亮了。只见合欢亭亭玉立，绿叶中开着朵朵红色的绒花，姿态优美，犹如两个戴花的姑娘；一旁的栾树挺拔端正，花序金黄夺目，扶以绿叶，又好似两个佩戴着帽缨和流苏的英俊军官。真是一幅绝妙的风景。也许军官将要归队，她们在恋恋不舍地相送吧。栾树和合欢也勾起了我对家乡的回忆，因为它们尽管在北方不很常见，但都是我家乡比较常见的树种。

我喜欢垂柳、枫杨、栾树、合欢、女贞、枫树、槐树，喜欢棉花、蜡梅、蔷薇、梨花、芙蓉花。这都是故乡常见的树和花，它们已经在我心中打下了深刻的印记。比如枫杨（我以前一直以为是槐树的一个品种）那一串串悬挂着的翅果，村中农家篱笆边芙蓉那紫红色的花，学校绿地中女贞那最初青涩、成熟变紫红的种子，还有一场雨后落花满地的泡桐，大院里一排排笔直的水杉，这些都曾经带给我很多情感和思绪，它们成了我成长中不可分割的一部分。树，是有生命的，它们的语言，只有喜爱它们的人们才能听得懂。

想再说说其他几种常见的树。

想先说说桑树。青青陌上桑，浑身都是宝。不仅叶可饲蚕，其木可雕刻，枝可编织，果可食用和酿酒，叶、枝、根、果均可入药，桑树皮是造纸的好材料。所以诗经中有"维桑与梓，必恭敬止"。小时候，学校屋缝里那棵小桑树结果时，那甜中微酸、黑里透红的桑葚是我们几个小家伙的最爱，上课时都想着，下课时再去摸几个吃。

桑树将自己的一生全部的贡献给了人类，这与很多哲学家所宣称的"万物本性皆自私"的观点所不符。但我细细想来，正是由于它无私的奉献，才获得了人们的青睐，和随之而来的大量的种植，从一个可能默默无闻、并不显眼的树种发展到一个遍布中国甚至海外的优势树种，得到了其他很多树木所不具有的大规模繁衍机遇。也就是说，桑树以它成功的奉献策略，获得了最大的发展和传承后代的机会。桑树还有显著的平民草根性，它的这些功能效用，都和广大人民的需求相结合，自己也比较皮实易长。相比而言，黄花梨、紫檀们可谓命运多舛，它们材质优良，用它们打造的家具为王公贵族所追捧，但它们的出身也同样高贵，生长缓慢，要求苛刻，在人们无度的需索中已经面临灭绝了。一家之言。

由于桑树和梓树是古人喜欢在房前屋后种植的树种，这也是人们称自己的故乡为"桑梓之地"的由来。我以前有个疑问，为什么他们在房前屋后种植桑、梓、榆、枣、梧桐这些落叶乔木而不种常绿树种（例如柏树）？这在我去欧洲考察绿色建筑时悟到了答案：这里面包含着朴素的生态学和风水学。落叶树木在夏天枝叶繁茂，可以阻挡阳光直射，降低室内或院落温度；而冬天时它们叶子落尽，可以让人们充分吸收阳光的温暖。这样既舒适，又节能。现代欧洲建筑园林设计已经提出来树种的选择和配合，在房屋周围种植落叶乔木。而且中国文明发源聚集地长江黄河流域大部分属于季风气候，加上地理上西高东低，高山多为东西走向，这样夏湿冬旱，四季分明，正适合落叶乔木生长。

我很喜欢槐树。四月份时一个同学的酒家开业，酒家位于北京一个古色古香的胡同里面，胡同的路两边都是大槐树。我在他的大厅里坐着，不经意一抬头，透过落地玻璃向外望去，发现槐树配老宅的景象简直是太和谐了：刚发出来的新绿树叶、虬曲的黑色树干，配上胡同里的朱门青墙，还有远处的蓝天，一个词：般配，就好似在清风吹皱的水边配上柔枝千条的嫩柳，真是相得益彰，超级有感觉。槐树给我的好感还有槐树花，绿叶中白色的一丛丛，小时候爬树摘过，可以吃的，清香清甜的味道。刺槐也不错，但是它好像不是国产的，是原产北美的洋种，我喜欢它椭圆形的叶子和嫩绿的色彩。但古人在自家院落里种槐树的少，究其原因，好像是因为槐字里面的"鬼"字吧，所以一般把它种在屋外。（刚看到新闻，长安街两边准备加第二道绿化树带，选择的树种大部分是槐树。）

我对杨树的感情相对复杂，尤其是白杨树。初中学过《白杨礼赞》，里面谈到了白杨的品德，对我是有影响的。我的故乡白杨树不是很多，不像北京，白杨树可以称得上是最多的树。白杨高大挺拔，生长快，耐寒耐旱，真的是适合北方种植的一个优良树种之一。而且白杨树干上有很多的眼睛，我很喜欢看，它们好像在和你对话传神。但是白杨树的飞絮太扰民，甚至透过缝隙能飘到你的屋里、车里，钻进你的呼吸道。这也是我不太喜欢白杨的原因（掉毛）。另外白杨树型不够优美，颜色偏暗。

胡杨却是我很喜欢的树。一提到胡杨，人们的反应就是

"沙漠英雄树"，诚如所述，胡杨的生命力之强委实罕见。胡杨只生长在沙漠，据说它活着一千年不死，死了一千年不倒，倒了一千年不腐。这就是胡杨的坚强。其实胡杨的真正寿命远不至一千年，我在新疆沙漠里的胡杨林里就看到了据说已经有三千年树龄的胡杨树王，给我的感觉是：敬畏。他，曾经和秦始皇同处于一个时代，和那个时候的人一起共呼吸同存在，也许张骞出使西域、玄奘印度取经的时候在他下面歇过脚，见证了多少朝代的变迁，现在他又静静地看着我，这是怎么一个感觉？胡杨生命之坚强还表现在，它们不仅耐渴，而且可以喝咸水。那树干上滴下来的，胡杨的眼泪，就是盐的结晶。秋季的胡杨林金黄一片，和戈壁沙海的苍凉形成大块的色彩对比，是沙漠里面独树一帜的风景。胡杨在一亿多年前已经存在，那时候地球上别说人，连猴子都还没有。在塔里木河岸边，茫茫戈壁滩之上，胡杨的形体千姿百态，那遒劲挺拔的树干、形状各异的树叶、以生命与大自然抗争的不屈不挠的姿势，在茫茫大漠戈壁天地间傲然挺立，给我无尽的震撼。

（三）行走

2014 年 7 月 27 日作于初中同学聚会前夕。

陌生的城市　陌生的街头

不惑的行者　执着的行走

飘落一片树叶　带走一片乡愁

是生活的压力　让你奋斗不休

还是理想的星火　愿为此停留

朝着缥缈跑去　一头奔走的牛

待到繁华落去　发现梦想弄丢

我愿做一条小鱼　汉江里畅游

远方的召唤　亲爱的旧友

相拥云起时　一生何所求

（四）白玫瑰 红玫瑰

2014年作于安徽蚌埠。

窗外

玉兰和合欢同时开了

洁白的玉兰　端庄　像白玫瑰

粉红的合欢　活泼　像红玫瑰

花儿的淡香飘进小窗

闻起来好美

手中发黄的红楼书卷

闻起来好醉

黛玉　妙玉是白玫瑰　沉静柔美

让人动心

湘云　晴雯是红玫瑰　泼辣俏丽

叫人动情

男人心里都有一个白玫瑰

还有一个红玫瑰

找到红玫瑰的

幻想得到白玫瑰
找到白玫瑰的
还想领略红玫瑰

生活中的小诗

日常工作生活之中，偶尔会做打油诗记录。相对现代诗，我还是更喜欢古体诗词一些。例如以下两首为当年研究循环经济、废弃物再生利用技术时闲暇所作，时间大概是 2006 年，博君一笑。

1. 化朽为奇

废液灰渣黑腐泥，

旋龙烈焰化神奇。

循环减量再利用，

绿水青山犹可期。

2. 大道自然

道生万物循环奇，

师法自然无冗余。

物质再生转能量，

谁言弃料是垃圾？

下面几首是工作与生活中的随感。

随感之一

经济如繁花般凋落

为何

寒冬中的蜡梅

清香四溢不肯示弱

谁

依然能够傲立

泰然迎接风霜雨露

随感之二

2015 年 8 月 31 日飞柏林途中。

那年那时

樱花飞落

毛头青年

走在异国

端庄的女子

静静的端坐

不经意的目视

扰乱了心窝

如同少年时

心动的感觉

多希望

祥和，自然的生活

就这么度过

心灵的禁锢

琐碎的消磨

带来了什么

一年一年

自认为能够把握

回头却发现

已错过太多

已遗失太多

谁的一生

会没有差错

我该怎样

怎样去做

怎样去活

　　前段时间有个博客段子很火，以唐代韦庄的"我有一壶酒"为引，大家纷纷接续，出来不少好作品。我也续一个：

我有一壶酒，

可以慰风尘。

拔剑横四顾，

斩尽是非魂。

　　把最后一句改成"斩尽是非根"就是东方不败版了，哈哈哈哈……

八、宁国挂职期间诗词九首

（一）初到宁国有感

作于2007年8月1日，刚到皖南挂职当日。

西望黄山东浙杭，
翠竹环抱好家乡 [1]。
东溪两岸幽篁里 [2]，
扁舟一叶下阳江 [3]。

注：

[1] 安徽宁国是"中国元竹之乡""中国竹子之乡"。

[2] 东溪：为宁国市的东津河，发源于宁国境内天目山北麓。篁：竹子的简称。

[3] 阳江：为水阳江，由宁国境内西津、中津、东津河汇集而成，再经宣州、芜湖流入长江。

从新的职业生涯想到的

2007 年 9 月，由中组部统一选派，我由集团前往安徽，挂职担任安徽省宣城市政府副秘书长、宁国市委常委、副市长，任期两年。

挂职干部，以前曾经和他们打过交道，没想到现在自己也成为其中的一员。回望过去，感到自己的职业经历和别人对你的称呼之间的联系挺有意思。

当初在校园里快毕业的时候，是"蒋博士""蒋老师"（我帮导师带过研究生），后一个称呼我很受用，学生摇身一变成老师了。

到第一份工作，曾有时候被喊"蒋工"，乍一听感觉不太顺耳，但一想，是伟大工人阶级的一员，挺好。有时候被喊"蒋经理"，我非常不习惯，大概当时还有点书呆子意气，从"经理"这个词联想到商业、牟利、钻营、投机……这个陈旧的思想好一阵子才改变过来。

后来社会称呼普遍升级了，经理被称为某某总，于是就成了"蒋总"，我都不好意思，小公司也能称总？我一直认为公司净资产至少过亿的才能被称为"总经理"，后来被叫啊叫的，脸皮日厚，也就习惯了。

工作调动到集团总部后，管理一个部门，于是被称为"蒋部长"。当时心里惶惶然，"部长"这个词可是谁都能叫的？那是部级官员的专利呀。差多少级呢。回头一看，有的小小一个公司还有好多"部长"，敢情这也是个万金油的称呼。

又几年，评了高级职称，在社会上一些行业协会和学会也有了一些兼职，有时候参加个什么专家论证会评审会什么的，有喊"蒋委员"或"蒋理事长"的，有喊"蒋教授"的。经过几年捶打，已是皮粗肉厚，偶也脸不红心不跳地笑纳了，答应的时候都不动声色，连谦虚一下都懒得装。

去地方政府挂职，换了新的职业生涯，于是"蒋秘书长""蒋常委"和"蒋市长"成了我的新称呼。说实话，作为挂职干部，这是暂时的，但是，我还是很看重"市长"这个称呼，不是因为好听，而是因为确确实实它意味着一份重重的责任。这两年，作为一个副市长，我能不能为这里的父老乡亲做好一份事情？能不能通过自己的努力不辜负市民对我的期望？能不能在自己的事业生涯中多一份建树？我没有在基层政府工作的经历，这对我来说是一份全新的工作，必然要面对新的工作内容、工作体制、工作方法，需要新的视野、观念和思路，"市长"意味着对群众的责任，甚至也可以说是国家责任的一部分，而这份沉甸甸的责任需要我振作起来，拿出创业者的精神去面对。谢天谢地，地方对我两年的工作很认可，也结交了一大帮朋友。

2011 年，工作又调动了，根据集团发展的需要，到一个国家级科研院所当副院长，兼任几个新技术企业的董事长。数年科技管理的工作经历，我已深深体会到院所和企业特点的不同。如何做好"院长"和"董事长"成了下一个挑战。做了几年，自是有得有失，最大的收获是独立运作与管理能力得到了极大的锻炼，遗憾之处是一些心愿始终没有完成。在企业一线面对社会，直接体会到创业的喜怒哀乐和社会的酸甜苦辣，这是在机关和象牙塔中很难充分体会到的。

之后，集团进行了一系列跨国并购，我也被派到德国（间或韩国、日本）去了一年，主要是综合协调和管理工作。德国人一般叫我 Mr. Jiang 或 Dr.Jiang，也有叫 Yang 的（老外很难分清中国人的姓和名），又算一个新 title，呵呵。在易北河畔与德国专家和工程师一起讨论研发计划和工作方案，与韩国地方政府长官争取政策，和日本同行竞争与合作……感觉还不错，做成了一些事情。要说感悟，就是不管是何国何人，都是相同大于相异。不卑不亢，以平常心待之，遇有矛盾之处，就事论事即可，不用担心得罪他们，你就会跟他们交上很好的朋友。

现在又回到北京，工作又有变化，和北大清华合作比较多，部分工作转换到大学了，希望顺利。一句话，不论你在什么地方，不论你身居何位，只要你有理想，又做出实实在在的贡献，哪怕有暂时的不理解，最终你会得到大多数人的认同。

（二）宁国印象

双脉合围龙虎地[1]，

三津穿越凤凰城[2]。

清风净水群山翠，

徽女鄂男几代情[3]。

期盼双虹贯岳日[4]，

卢森新堡皖南兴[5]。

注：

[1] 双脉，指位于宁国市南部天目山和西部的黄山山脉。

[2] 三津，指东津、中津和西津河，三河流域覆盖宁国全境。凤凰城，是宁国市城区的别名，三津在此汇合。

[3] 徽女鄂男，借指宁国的移民历史，现在的宁国人大部分是百年前来自湖北和安庆的移民。

[4] 双虹贯岳，指打通穿越黄山和天目山的高速交通。

[5] 卢森新堡，是宁国的追赶目标。卢森堡为欧洲富国，其面积、人口、森林覆盖率等均与宁国基本一样。

（三）天净沙·新农村

笋干板栗满厨，

一畦晚稻又熟，

绿水青山沃土。

车行走处，

采织渔牧耕读。

　　宁国的乡村给我留下深刻印象，那里青山绿水，民风淳朴，我常常在工作和闲暇之时深入其中，与很多朋友结下了深厚友谊，生机勃勃的新农村建设情景也给了我这首《天净沙·新农村》的灵感。

（四）探访宁国红楼诸迹

青埂峰前品红豆，

大荒山上谒孤僧。

曹公足迹已湮去，

残瓦枯灯绕野藤。

惟叹心高多舛女[1]，

清茶代酒寄幽魂。

注：

[1] 宁国旧志记载，在古代行政建制四十都境内的宁山钓鱼台有水月庵。"心高多舛女"，指在水月庵伴着青灯古佛、命运多舛的妙玉。

想到宁国，就联想到《红楼梦》中的宁国府。其实宁国古属金陵，曹雪芹小时候曾随父亲从金陵来到宁国游历，据传后来他将一些所见所闻融入到了《红楼梦》这部巨著之中。本地有铁瓦寺、水月庵、大荒山、青埂峰等红楼之地名。我曾经是一个红迷，带着对红楼的眷恋，走访过当地很多的红楼遗迹。写有一首《探访宁国红楼诸迹》为记。

水月庵——宁国旧志记载，在古代行政建制四十都境内的宁山钓鱼台有水月庵。

　　大荒寺——宁国西有大方山（属高峰山脉），山上有宋平二年（1065）建的大方庵，明嘉靖年间（1522—1566）重修，庵后有白石崖，高数仞，古柏森然改名弥勒庵。

　　青埂峰——宁国西有高峰、青山，仅高峰之上有寺、庵、观4座，附近一带总计有18座，其中有青山庵等古庵12座。

　　通灵宝玉——高峰之东数十里有通灵封，峰上有延安寺，峰麓桃花尖有青莲庵，南麓有岫云庵；水月庵亦在其不远处。

　　风月宝鉴——距通灵峰不远处的文脊峰，有龙隐庵，东麓有灵岩寺，寺侧有山门六洞，其中的朝阳洞洞口，正如《红楼梦》写的："一块石上字迹分明"，镌刻有"洞天风约"四个醒目大字。

　　铁瓦寺——红楼梦中有铁槛寺。一个是用铁做瓦，一个是用铁做门槛，不排除是曹雪芹的借用之法。

（五）钗头凤·愁绪

京城飞絮，纷繁烦扰无从寄。

隔月千里才相聚，又匆匆去。

絮！絮！絮！

江南烟雨，满庭空寂无人语。

小院春红残褪去，更牵愁绪。

雨！雨！雨！

（六）红豆情思

细枝如簪，绿叶如帘。

视之红嫩，触之软绵。

闻之轻淡，尝之清甜。

怀中有籽，拥之黏黏。

如此佳人，怎不爱怜[1]？

注：

[1] 原稿为：怎不爱恋？

宁国是"中国红豆杉之乡"，拥有华东地区最大的一片野生红豆杉林。2007年秋，我和几位同事前往山中寻访红豆杉，恰逢红豆满枝，柔润可爱，不禁为之神迷，作诗一首，以资纪念。

（七）秋浦渔晚

良辰美景不夜天，
月满舟江篝火喧。
环顾四周皆笑语，
何时孤客展欢颜？

　　2007年9月，我前往石台县扶贫考察。从宁国出发，向西南绕过黄山主峰，随着一路上逼近黄山主脉，山越来越高，从车里远望，云雾缭绕之中，山峰时隐时现。过祁门时，开始上山，穿越黄山的西部。进入原始森林，只见山峦起伏，路边尽是古树老藤，峰回路转之中，茂密的树冠竟然遮住了道路上方的天空。这就是牯牛降——黄山的西山群中一个著名的景区。因为赶路，没有停下来看，甚至没有照一张照片，现在想来有点遗憾。

　　穿越密林不久，山形有些减缓，两辆车在山沟中一阵狼奔豕突，终于到达了石台——一个藏在大山深处的国家级贫困县。这次我们的扶贫款主要用于一座中学的实验楼建设和上次山洪的部分水毁民宅设施的修复。吃过饭，书记亲自带我们去当地有名的天方茶叶的茶馆参观喝茶。我们都没坐车，走着过去，顿时有了一个直接的感受——这个县太穷了，晚上就一条主路有几盏昏暗的路灯，路面还不太好，正在铺油；除了我们入住的牯牛降大酒店，见到的其他的房子很多破破旧旧的，没有几个像样的建筑。一问方知此县去年的财政收入才两千多万，工业产值两个多亿——还不如宁国一家大企业的产值和利润。只道皖南好风光，没想到也有这么穷的县。

一宿无语。第二天，参观了我们捐赠修建的实验楼后，主人们带我们去采风，先到了仙寓山——黄山西部的一座风景区，又爬了古徽道——当年徽商们就通过这条小道运送茶叶和盐，还能看到太平军这帮强盗在这里构筑的工事遗迹。接着顺路视察了山洪冲毁的房屋和桥梁，在桥下面的河中竟然看到了碗口粗的石栏杆和铁索，山洪的威力真有点令人惊心。令人欣慰的是，民宅都在重修，里面有我们的援助款呢。

回来，已近黄昏。正逢中秋，主人邀请我们到秋浦渔村吃饭，共度中秋。渔村坐落在秋浦河边，走过吊桥，只见远处山峦中，云蒸霞蔚，一弯清江向北缓缓流去，江边停靠的几叶舟船，便是就餐处了。吃完饭，江边烧起篝火，几个少数民族姑娘跳起竹竿舞，一行人打着拍子，有人加入了游戏。此时，天空中时隐时现的圆月、身边静静流淌的江水、远处黝黑的芦苇丛、船舷上挂着的红红的灯笼、地面上黄色的篝火和喧闹的人群构成了一幅难得的中秋之夜画面，却也让人惆怅，月圆此时，人圆何时？手机中传来一位朋友发给我的他自己做的一首中秋祝福诗，我随即和诗一首，如上。

（八）与众挂友游惠云禅寺

白练入湖镜，

青山出翘檐。

轻舟载笑至，

孤寂忘尊前。

　　2007 年 12 月 15 日，中组部选派来皖挂职干部一行来到
宁国，乘船探访了惠云禅寺，惠云禅寺坐落在宁国烟波浩渺
的青龙湾之中，绣云岛之上，丛丛竹林之中。白云、绿水、
青山、古寺、禅境、佛尊，和难得的欢聚，让大家兴致勃勃，
忘却了在外地挂职的孤寂。我作诗两首，本首及《浣溪沙·与
挂友相聚徽州》，以作纪念。

（九）浣溪沙·与挂友相聚徽州

别易聚难皆为缘，

登高一路古今谈。

徽南大地尽斑斓。

独在他乡多不易，

挂职兄弟任在肩。

来年再会各当先！

九、观文评剧

（一）画出诗意

——为父亲《爱师竹篇》诗画集新版而作

鸟鸣山雨后，

叶舞穿林风。

心与诗文动，

情于纸墨融。

笔锋折返处，

诗已入画中。

原诗为："鸟鸣山雨后，叶舞穿林风。心化诗文里，情传纸墨中。笔锋折返处，诗画已交融。"登于父亲的画册《爱师竹篇》中。改动的原因是我喜欢"诗已入画中"的意境，不需要语言，画意在线条浓淡风格中表达，诗情则在起伏落笔的不经意间凸现，是作画的最高境界。

（二）竹之花

——为父亲《爱师竹篇》诗画集作

竿道枝韧叶葱葱，

常翠不知几度冬。

一朝花开枯老去，

凝成种子拥怀中。

　　这是竹子的特性，几十年后才开花，一开花就意味着老竹生命的终结，但其倾其一生结成的种子是新生命的代表，它比通过竹鞭同性繁殖的竹子更有生命力。

（三）《运之河》有感

2014年11月2日作于武汉。

今人只道运河美，

不见泥中白骨堆。

玉树琼花摆两岸，

天子岂知民妇悲[1]？

大梦未圆烽火起，

东征将士身难回。

运河之水奔天际，

席卷功过与是非。

注：

[1] 原稿为：人说暴政数秦隋。

为中国歌剧节江苏省选送之作品《运之河》之观感。

（四）《天下第一颠》观感

2014年7月5日作于武汉。

苏黄米蔡

米癫最拽

狂放不羁

奸佞陷害

舍砚求真

始悟大爱

吾今去也

白云天籁

本诗内容为话剧《天下第一颠》之观感。

十、差旅随记

（一）雨中登台北 101 大厦

登塔望台北，烟霾有几深？

乱云袭宝顶，屹立见精神。

风雨百年异，国学血脉真。

拨云开雾日，终会现乾坤。

2010 年 4 月 13 日，乘坐台湾中华航空公司飞机降落在台北桃园机场，踏上久违的台湾土地，傍晚登上台湾最高建筑 101 大厦的观光楼层，鸟瞰台北市容，感台湾政治之乱象，走向之迷茫，心中无限感慨。

（二）风入松·自海南飞北京途中

地如羊毯天如棉，

身入云海间。

穿梭银燕似飞箭，

一刹那、瞰地观天。

雾掩熙熙街市，云遮历历山川。

世间百态舞翩跹，

一笑付云烟。

静波怒浪一沙隔，

一步错、人鬼忠奸。

冷看妖风恶浪，淡然常在心田。

（三）从江汉平原到蒙古高原

2005年4月出差从荆州飞抵通辽时作。

才睹水杉绿，

又闻群马喧。

高原残雪凛，

荆楚春雨绵。

又记

2011年再次下派之后，作于沪宁高速途中。

昨日武昌赏梅，

今晨润州观涛。

投身奔波苦旅，

忘却京城喧嚣。

（四）天路

2006年差旅途中听闻青藏铁路通车时作。

> 神奇天路跃西疆，
> 雪域高原谱乐章。
> 千里冰川已跨越，
> 更待滇藏通南洋！

伴随着"走出去"的步伐，期待着与南洋的天堑之隔将不复存在，期待着打通缅甸，进入印度洋！

（五）杭州西湖二首

题西湖蒋庄

平湖潋滟隐纱笼，

两岸飞红三月风。

问柳寻桥烟雨里，

暗香轻袭入怀中。

2014年5月9日杭州西湖会友，到时天已近暮，漫步细雨之中，作诗一首以记。诗中含同行3人之名。

本人喜欢植物，确为实叙，大家不要联想过于丰富哦。

题西湖汪庄

雾松烟柳雨中隐，
大乔小乔若现身。
踏船作歌伴美人，
逍遥自在胜王孙。[1]

注：

[1] 原稿为：今与二乔驾鹤去，漂洋渡海羡湖神。

不得不说，西湖确实有点罗曼蒂克。曾长期居住在武汉的东湖附近，作为中国最大的城中湖，面积据说是西湖的五倍，但每次行走在东湖湖畔，总觉得比西湖多了一份刚硬，少了一份柔美，也就少了些许诗兴。就拿植物来说，西湖的岸边多植垂柳、桃花，微风吹过，柳条依依，桃花竞艳，游人漫步于苏堤、白堤，自然会春心萌动，诗兴大发。而东湖岸边最多的就是杉树，以池杉和水杉居多，个个挺拔笔直，像一队队哨兵；东湖边上还是我国最大的梅花基地，梅花和桃花相比，开得早一些，大冷天的就先开了，虽有凛冽、苦寒之感，但对于戴着围巾穿着棉袄跺着脚的访客们，自然很难冒出诗意。而且由于东湖太大，所以车道居多，纯步行道几乎没有，游人一方面要躲避车辆，又要走远路，多半是行色匆忙，哪里有从容赏玩的雅情呢？

名人嘛倒是也有，相对于西湖边上的标志性建筑雷峰塔和岳飞庙，东湖边上的屈原和楚庄王仅仅是个雕塑（当然其实这两位应该是在荆州，武昌那会儿只是个到处是湖的小地方）。虽然从小对这个"三年不鸣，一鸣惊人"的霸主，还有那位"朝饮木兰之坠露兮，夕餐秋菊之落英"的骚客仰慕已久，但在那儿看不到很多的历史和楚文化。当然，西湖边上众多的传说和苏轼、白居易这两个大牛太守，为西湖添色太多，这一点别说是东湖，全国也鲜有能比上的吧。

可怜的是北京，河水干涸，湖面萎缩。有个后海巴掌大的一块水塘，还整了个著名酒吧街，美其名曰"水景"。湖岸不知道是为了整齐还是防渗，搞了混凝土硬化，总之隔绝了微生物在土壤—水—空气中的迁移通道，水草也难以扎根存活，导致有机物得不到吸收和分解，水质很容易发臭。我闲来无趣，对比苏轼西湖诗，打诨一首后海诗，纯属取乐，北京人勿怪。

原诗：

饮湖上初晴后雨二首·其二

作者：苏轼。作于杭州西湖。

水光潋滟晴方好，山色空蒙雨亦奇。

欲把西湖比西子，浓妆淡抹总相宜。

我的改编：

饮湖上初晴后雨一首

风越古今改编于北京后海（改 7 字，附释文）。

水光粘溅晴方好，

光照在暗绿的水面上黏黏的，好像要溅出来，晴天会感觉安全一些。

山色灰蒙雨亦奇。

远处的山色灰蒙蒙的，下雨时雨滴居然会带着好些尘土，很奇妙。

欲把东施比后海，

如果把后海和东施相比，

浓妆淡抹总相宜。

不论是浓妆还是淡抹的时候总是都很相配。

（六）车行大别山

2014年3月23日开车独行自皖入汉，穿越大别山即兴之作。

春风千里渡徽湘，

草莽雄山抹靓妆。

执你追云撒玉手[1]，

化为新雨润荆襄。

注：

[1] 原稿为：借你追云捉雨手。

（七）天净沙·古宅

白墙灰瓦深宅，

老枝新叶古槐。

昔日朱门似海。

几朝几代？

多少闺怨堪哀！[1]

注：

[1] 原稿此句甚难定夺，换了几次。写有：又闻谈笑客来。/门头又换何牌？/院中含笑新栽。均为其时实景实想，尤其是院中新栽的含笑盛开，十分应景。但最终选择此句，盖因徽州女人长期独居深闺，妇道艰难，多有哀怨吧！

（八）忆江南·春妆

2015年4月于国家行政学院学习期间作。

> 东风魅，
>
> 撩醒满园春。[1]
>
> 屋外漫红好任性，
>
> 窗前萌绿小清新。
>
> 相映镜中人[2]。

注：

[1] 原稿为：东风妙，樱花落酒樽。

[2] 原稿为：妆点镜中人。

时又和一首：

和风暖

撩动求书人。

燕岭漫红好任性，

申江萌绿小清新。

京沪俏争春。

（九）登相思岛

2014年11月27日作于舟山。

荒蔓侵空楼[1]，
风生惊水鸥。
渔家何处去，
东海一孤舟。

注：

[1] 原稿为：独坐沙坡头。

（十）Pennsylvania station（宾夕法尼亚车站）

Yang JIANG in Mar. 2018, New York（2018 年 3 月于纽约）

Pick up a red stone

In the desert of dry Nevada/

Pick up a colorful shell

Along the coast of sunny California/

There are only dim lights and crowd tides

Outside the station of Pennsylvania/

Sexy and skinny

Stunning and ugly/

Luxurious and needy

Silent and noisy/

A beating candle

Inside the bookstore icy window

Look like a fuzzy puzzle/

The snowy streets

Emerge a chaos of fable and fairy tales/

Hearing the voice of wolf and little Lamb

And seeing the emperor's new clothes/

Did this Heavy Atlantic city attract the world

By distorted time and space/

Did psychic energy carve the western mind

By rules, credit and logic from the sages/

Did this mystical power

Come from the ancient Rome and Greece/

To recall the age of Renaissance

Where is our Florence/

I must say Thanksgiving

For the breath of freedom and innovation/

I want to be a running bird

Flying across the broad Pacific Ocean

And the canyon of civilization/

Here I am coming

Seeking the wisdom flame of exploring/

From the grey, Snowy

Pennsylvania station/

When I was a visiting scholar in New Jersey, one day I went to New York, it was getting late, the sky was snowing, and I saw the candlelight inside the bookstore window, beating. The kindle seems so bright, because the road is so dark. I stood there and thought a lot, and decided to write it down.

I like Thanksgiving Day in America, for I think gratitude is a very good quality. As ever being a student of science and engineering, I thank the United States for centuries' contribution to the world of thought and creation, we are all beneficiaries; I also know the origin of Thanksgiving, from the time Europeans first set foot on the American continent, they thanked the Aborigines' help for their stay. But here I want to say, European immigrants have given them a FAKE name. As the original explorer of America, they came from East Asia, not South Asia. Modern genomics study has proved that they and the modern Chinese people must have a common ancestor, and their ancestors migrated from ancient China to America, so I think they should be called Chinam, should not be called Indians. They cultivated and domesticated half of the world's plant food: corn, potatoes, and tomatoes, cocoa, rubber, peppers, sweet potatoes, peanuts, sunflowers···, their contribution to mankind is incalculable. They accepted European immigrants, gave the immigrants food, but the immigrants gave them such kind of mistake, until today.

Anyhow, Because of thanksgiving, I strongly believe that China and the United States should be friendly to each other, be thankful to each other, and hope that the United States and China will become the greatest force partner for safeguarding world peace, forever.

The Renaissance of the west brought them out of the benighted middle Ages and achieved a great revival of culture and technology. The idea of my writing this poem is to hope that China can also innovate our traditional culture, carry forward the essence, discard the backwardness, and realize our great rejuvenation.

如果你到纽约大都会博物馆，我建议一定去看一看文艺复兴部分的展览。西方的文艺复兴，来自于从近乎丢失的古希腊和古罗马的先哲和文明中去寻求源泉、吸取营养，并在此基础上创新和发展；包容开放的氛围激发了人的思想活力和智慧潜能，涌现出了达芬奇、米朗开琪罗等一批科学和艺术巨匠，使得他们摆脱了千年之久愚昧的中世纪，实现了文化、科技的大复兴，并随后带动了产业经济的跨越式发展，成为一个伟大的时代。"创新是一个民族进步的灵魂，是一个国家兴旺发达的不竭动力。"我们也是文明古国，衷心希望我们也通过探索，去创新我们自己的传统文化，发扬精华，摒弃落后，实现我们的伟大复兴。

十一、书生情怀

（一）地球家园

思混沌之宇宙兮，
育人类与苍生。
叹星球之美丽兮，
忘国族之纷争。

（二）励志歌

潜龙犹在渊，

而立怎贪眠！

时光催人老，

莫怨世道艰。

蜉蝣尚有志，

壮士岂等闲？

志者多磨难，

飞龙必在天。[1]

注：

[1] 原稿为：半生磨一剑，飞龙应在天。

（三）浪淘沙

2011年11月作于安徽蚌埠。

窗外雪纷纷，地素天昏。

罡风难撼九重氤。

世态炎凉旁人笑，

可叹苍生！

重铸国之魂。

拨乱清尘，除霾开雾立国根。

但看仙山雪界外，

朗日乾坤。

今日处于资讯大爆炸的时代，每天太多社会新闻进入视听。一方面感世风之下，一方面期新政之举！

（四）红楼三叹

一惜红颜之薄命，二憾原稿之散佚，三叹荣华如云烟。

1

前叹至情真黛玉，
后惜率性勇晴雯。
红颜凋落红尘去，
空使后人来效颦。

2

巨著残缺千古憾，
续貂几度意难满。
若得真迹复出时，
愿付千金求一览。

3

富贵荣华成一梦，

玉堂金马无所踪。

是非恩怨何须了，

大难临头皆是空。

（五）京夜看雨写怀

2006年作于北京紫竹院。

金酒银霓花作泥，
红男绿女醉歌靡。
楼阁夜夜飘笙曲，
谁问今夕是何夕？

（六）柳梢青·与发小探望启蒙老师于金陵

2017 年暮春，与几位小学同窗，当年的毛头小崽和蓬头小丫，探望现居住在南京的小学班主任，以记。

飞鸟鸣蛙，

秦淮十里，一路烟霞。

小巷墙花，

安宁恬静，满院枇杷。

应天酒，承天丫。[1]

问师母、莫愁谁家？[2]

莫负亲恩，莫迷物喜，莫误芳华。[3]

注：

[1] 明代自嘉靖年间南京称应天府，北京为顺天府，家乡（湖北钟祥）为承天府。为三大直辖市。

[2] 南京和家乡（湖北钟祥）均认为莫愁女是自家人。个人更以为莫愁女为家乡人，小时候就听说了太多流传的莫愁女与本地名人、楚辞大家宋玉之间的传说。

[3] 问道老师，得真言也。

（七）八声甘州·秋

望黄沙漫卷掠枯洲，惊觉又一秋。

憾风困丘壑，激扬渐褪，豪气折收。

休怪知音难觅，人事不相投。

志在四方者，何苦眷留？

遥借桂香一缕，愿初心不忘，似少年游。

念西行玄奘，大慧苦中求。

历尘劫、八十一难，取真经、弘法渡神州。

修一片、青山叠翠，水自长流。

　　比起熟悉的场景，熟悉的气味最能拨动我的思绪，比如桂香，会让带有家乡味道的各种记忆一下子涌上心头，仿佛回到了从前快乐的少年时光。希望奔波苦旅一生，心中还能保留那一片郁郁葱葱，能初心不改，归来仍是少年。

十二、怀旧诗词七首

（一）少年游·青梅

人情冷暖，沉浮世间，
难有开心颜。
故人往事，思浓忆淡，
逝水若悠兰。

少小青梅应犹在，
笑靥可依然？
又是梨花似雪时，
清香里，与谁牵？

（二）唐多令·静夜思

2008年作于北京大慧寺宿舍。

郢中春欲暖，京北雪仍寒。

算离乡、廿载流年。

犹记那春同窗聚，

歌作酒，笑言欢。

往忆似云烟，思之如眼前。

恨只能、空对婵娟。

叹那春花百般好[1]，

终落去，不常妍[2]！

注：

[1] 原稿为：叹那春花千样好。

[2] 原稿为：雨中淹。

花之语

常常想，一个地方的土生特色花卉对当地的国家和民族性格有没有影响？我认为肯定有，从那么多的诗词歌赋中我们能感受到人和花的文化互动，所谓"情景交融"，从樱花对日本人性格的影响都能得到证明。

看看原产中国的花卉，牡丹、芍药、菊花、荷花、中国兰、梅花、桃花、桂花、玉簪、紫藤、含笑、蜡梅、合欢、白槐，都是各具特色、风情的花朵，这些和中国的朦胧美、雅趣等相关。中国有"世界园林之母"的称誉，植物种类繁多，风情万种，自然影响了中国人，尤其是文人的多愁善感、闲情雅逸的性格。很多花朵大而密，而且花期一过衰败得很快，所以给人一种先感其美，然后是"无可奈何花落去"的情怀。

欧洲，历史上是紫罗兰、风铃草、迷迭香、郁金香、风信子、雏菊、矢车菊、勿忘我、香雪球、薰衣草的天下。这些花卉都很具个性和平民主义特色。

美洲，怎么形容那里的原产花卉呢？我想是坦诚、艳丽，就像巴西的女郎，看看美人蕉、海棠、王莲、火鸟蕉、凤梨、火龙果、大丽花、蟹爪兰、凤眼莲、西番莲、紫茎泽兰、龟背竹、太阳花、向日葵，都是那么直截了当，绿的绿红的红，怒放。还有一个共同的特点，叶绿光泽，肥厚肉质。

江河山川对人类的文明也绝对有影响。看看武陵源和阳朔风光，摄下来就像水墨山水图。再比较一下美国的洛基山脉和欧洲的阿尔卑斯山，却是那么的直白和色彩鲜明。这也许是西方人善于分析实证，中国人善于中庸和搅糨糊，就像西药和中药的区别一样吧。

还真是一方水土一方人啊。

（三）浪淘沙·静夜思

自幼不粘家，

掏鸟摸虾。

乘风做骑好游侠。

少年心气没缰限，

天马无崖。

沏一道乡茶，

水漾月华 [1]。

朦胧往事他和她。

流光不恋人间好 [2]，

没入星沙 [3]。

注：

[1] 原稿为：杯映月华。

[2] 原稿为：流光不理人间债。

[3] 原稿为：浩宇如沙。

（四）长相思·小城送别

山幽幽，风柔柔，
月儿才上桂枝头，
相约旧时楼。

鸟啾啾，人羞羞，
难舍欲说却又休，
离别淡淡愁。

我对小城有着特殊的感情，总觉得人的小时候最好是在小城度过，它带给我很多幼时的快乐。

小城出名人。原因有二：一是风景。自然是孩子最好的朋友，自然风景会让孩子一辈子精神受益，他们还可以在野外、到农村学到很多大城市里学不到的知识。二是人文氛围和浓浓的亲情和友情。民族的传统和风俗在小城往往保留得更好，而且小城市人少，很多人即使不互相认识，也通过一两个人就能认识，亲戚邻居朋友同事，有很好的人际交往环境。曾经有段时间我甚至憎恨电话，因为以前我们小时候找朋友玩，都是直接去串门的，那份情感的回忆尤其美好。

现在很多的小城沾染了太多的商业气息，现在国内的小城又不约而同地面临着老龄化、空心化的困扰，不知道里面的孩子成长以后是什么样的记忆。

（五）乡忆之皇家典章

欧洲差旅途中偶谈到家乡钟祥，后作此诗。

曾忆少时元佑钟，

红墙碧瓦瑞音祥。

皇家故事与人讲，

却是已隔万里洋。

　　钟祥是我出生并长大的地方。那里有明世宗嘉靖皇帝朱厚熜的故府元佑宫，一个红墙碧瓦的大宅院，现在是市博物馆。当年的嘉靖在钟祥当王爷，倏然机遇来临，荣登大宝，成为大明王国的皇帝，中间的传奇成分，在我们当地留下了好多的传说，包括流传至今的当地名菜——蟠龙菜，至今还让乡亲们津津道来。

　　在德国驻地的居所，窗外可瞭望到当年萨克森一公国之王宫，想到自己少年在故乡元祐宫玩乐的时光，做一首压尾诗，连起来是：钟祥蒋洋，呵呵。

（六）归乡赋

踏落英以归乡兮

渡汉水至郊郢

访同窗之旧友兮

逢江南之细雨

忆孩童时野奔兮

引邻家之小女

念佳女之娥眉兮

寻伊人而不遇

采长堤之苜蓿兮

掬清涟以濯足

观滔滔之江水兮

登远山以望湖

感荆楚之灵秀兮

伴青春之飞度

梦庄王之魂魄兮

气吞云梦如虎

昔乡道之木槿兮

已悄放于竹篱

感光阴之飞逝兮

如白驹之过隙

撷萱草以忘忧兮

觅海棠以解语

已而立而未鸣兮

当从何木而栖

（七）点绛唇·同窗的你

2008年作于北京大慧寺宿舍。

懵懂少年，
糊涂倔犟惹她笑。
红唇轻咬，
戳我木头脑。

易忘流光，
难忘伊人笑。
秀眸俏 [1]，
花枝轻摇，
心就慌慌跳。

注：

[1] 原稿为：秀眉挑。

十三、谈经论道

（一）记十九日谒九华山禅寺 [1]

2014年10月26日作于安徽九华山。

层峦叠野掩山门，游子枯魂寻净真。

瓦角飞檐隐可见，经声暮鼓遥亦闻。

奈何至亲渐白发，奈何至情没红尘！

乞赐一滴甘露水，散向心田满垄春。

注：

[1] 原诗为：

层峦叠野掩山门，佛号经声求净真。

乞赐一滴甘露水，散向心田满垄春。

（二）挚友

紫日曜曜，
君蔽荫之。
田叟货郎，
君生恻之。
尘世多艰，
心与爱之。
妙悟禅语，
愿卿共之。
君本菩提，
青莲载之。

（三）和冉庄诸道友

静若处子动如猿，
行走红尘了苦缘。
行者无疆却有道，
愿得心法度凡间。

（四）太湖随笔

2014年6月19日作于江苏武进。

两湖之滨，双珠璀璨

遥指星河，万相浩瀚

宇之穷极，唯从其理

理本究原，似真亦幻

宇之至微，归于吾心

心之所至，力之所憾

万物归真，心力轮转

唯本究原，气吞霄汉

（五）量子时空

2015年7月9日作于准备出版之前。

万物本幻象

沉浮皆虚妄

未若返归真

心乘至大藏

后记

　　我写诗词，应该是从 2006 年起，尤其是 2006、2007 年，很多作品是在此期间完成的。2008 年以后也有断断续续的作品。这些诗作都很少发表，存在电脑中某个文件夹内，我偶尔闲暇时看看。一直觉得诗词是汉语中的伟大财富。"生活不仅仅是金钱和吃饭，还有诗和远方。"希望源远流长的中华文化能够今朝再兴，发扬光大，所以今天整理出来与大家见面，请各位道友批评指正。

　　这个集子收录了我目前大部分的诗词作品，写作于北京、上海、新疆、宁国、蚌埠、镇江、常州、钟祥、洪湖、荆州、湘乡、德国、美国等工作和生活过的地方，也有一些差旅游记。2014 年至今的，创作日期都有标注，之前的时间较久，具体日期忘了。还有少数暂未录入，也许留待下次出版吧。

另外，本人喜欢修改自己的原作，所以有些地方标注了原文，有喜欢原文的，尽管沿用原文。

风越古今（蒋洋）

2018 年春节于新泽西理工大学